Ricardo Terto

Brincadeira sem futuro

todavia

*Aos Cândidos, Cariocas, Das Graças, Marias Josés e Almindas, Santanas e Tertos.
Aos professores, aos meus amigos e aos meus amigos professores.*

Caixas **9**
Brincadeira sem futuro **13**
Beliche **17**
Os Pintiman **19**
O golpe da garça **21**
Coca **27**
Carmudo **31**
Quadros **35**
A testemunha **39**
Molho branco **43**
Carioca **47**
Tartaruga **51**
Bolo de lama **55**
Antônio **61**
Desempregado **65**

Caixas

A pensão cheirava a papa de neném, cândida e, de vez em quando, carne de panela.

Belenzinho, São Paulo.

Era um cômodo e o banheiro era coletivo. Pai, mãe, três irmãos e eu, que tinha, numa caixa, as dezenas de carrinhos e bonecos que minha mãe trazia na volta do trabalho. O meu preferido era o que virava robô, igual o do Jaspion.

Não foi por falta de aviso: saindo da antiga casa no Jardim Etelvina, a mãe alertou que não caberiam aqueles brinquedos tudo ali, "Escolhe um, dois, você não gosta daquele do Ayrton Senna?".

Eu não gostava do carrinho do Ayrton Senna porque ele não virava robô.

Resisti ao conselho de dar parte para alguns primos ou para um amigo.

"Não vai caber."

Eu fiz levarem a minha caixa e, no lar novo, esticamos o colchão no chão, junto à cama dos pais. Do outro lado da cama, o armário, a geladeira, o fogão e uma mesinha de desmontar. Perto da porta, a tevê de tubo, embaixo os sapatos, e acabou o espaço. Não havia sala, cozinha. E o banheiro, como eu já disse, era coletivo, lá fora.

Até os cheiros pareciam se apertar na vida que teríamos ali. Birrei, mas minha mãe, diarista que sustentava a família enquanto meu pai enfrentava o alcoolismo, não se atrelava à comoção. Tacou logo boneco, Jaspion, Batman, ThunderCat, imitação de Lego, carrinho, caminhão e robô num saco preto e colocou na lixeira em frente à pensão. Sobrou o Ayrton Senna, que deixei, de emburrado, metido entre o colchão e a parede.

"Vai brincar no corredor."

Não era uma sugestão, mas uma ordem. No novo arranjo, brincar lá fora ajudava a descongestionar o espaço dentro do quarto. Até que me animei, corredor é um nome muito intuitivo para uma criança, um espaço mais óbvio para correr. O nosso era mal iluminado, úmido e se ouvia tudo atrás da porta dos outros. Televisão, risos, rádio, xingamento, palavras em alto e bom som cujo significado eu não entendia ao certo, mas que enchiam minha imaginação de imagens, minha cabeça como o balde de banho quando a energia acabava, cheia de vapor e ressonância. Sangue - prego - bosta - tempero - morreu - azul - velho - mete - dinheiro - vai - espera - ali - jesus - não grita não. Todas se contorcendo pelo gigante tubo auricular da pensão. No fim do corredor, outro barulho me tirou dessa sinfonia de ladainhas: o rasgo do saco de lixo, de onde meus ex-brinquedos eram arrancados e divididos entre os moleques dali. *Eu quero esse*, *Ah não esse é meu*, *Meu*, *Meu*, e eu cheguei esbaforido anunciando que *tudo* era meu. Tudo.

Minha mãe me deu, eu disse como se a ordem dessas palavras evocasse o poder mágico da elucidação. *E por que tá no lixo então?*, perguntou um espertinho, me quebrando na ideia. Sosseguei, ainda que eu fosse um valentão e tirasse deles, iria levar pra onde? Pra geladeira? Brinquedo não era comida. No guarda-roupa? Brinquedo não era roupa. Não era de dormir, de calçar. Não era nada. O único brinquedo era a tevê de tubo onde o Silvio Santos jogava aviãozinho pra plateia. E a brincadeira era pular e tentar agarrar o dinheiro, a nota, o valor que flutuava em frente à câmera até a mão sortuda de alguém. O apresentador segurava num maço, em uma mão só, um aviãozinho que pagaria um mês de aluguel naquela pensão, mas que girava só lá, dentro da caixa de luz. A caixa que vivia dentro da caixa onde a gente vivia. Não, não caberia uma nova caixa ali, a mãe tinha razão, já eram caixas demais. No caminho de volta, novas palavras atravessavam o corredor como que perdidas de suas frases, não sei se escapando ou buscando algo. Percebi que era com elas que eu iria brincar por um tempo.

Brincadeira sem futuro

Com dois dedos de uma mão se cria um time inteiro. Você é ao mesmo tempo o goleiro, o meio-campista e o atacante. Com dois dedos da outra mão se faz o time rival. Com uma tira de papel amassadinha você cria a bola e com dois arranjos no lençol se monta o gol. Pronto: está lançado, em um sábado à tarde qualquer, mais um Campeonato Nacional de Futebol de Dedo, sempre no estádio Beliche de Baixo.

Você é o narrador, a torcida, o técnico e a sorte. Planeja tudo certinho. Primeira fase: pontos corridos. Depois: mata-mata. Confesso que eu não sou de todo imparcial, pois nesses campeonatos gosto de fazer campeão algum clube de nome divertido, como Ferroviária. Minha família observa curiosa, mas respeita, entretanto meu pai tem um nome para esse tipo de ideia: brincadeira sem futuro.

Eu sou muito bom em inventar brincadeiras sem futuro. Com algumas folhas e uma trilha de formigas, eu tenho a Corrida Maluca Formigueiro. Um tijolo baiano e algumas pedras, e aqui está uma cidade inteira para prefeitar — o prefeito, nesse caso, decide romances e resolve crimes. Esculturas de poeira com feixe de luz que entra pelas telhas, tobogã de sabonete no tanque, expedição no submarino-cobertor, violão de elástico no dente e a batalha estelar de tampas de refrigerante são algumas brincadeiras sem futuro que me distraem, conforme a disponibilidade de itens, o tempo e a presença de visitas em casa.

A existência de brincadeiras sem futuro significa, no mínimo, a existência de brincadeiras com futuro. Quais seriam elas? Caçar isqueiros na terra do quintal, embora renda uma boa coleção de brasões de time, mulheres de biquíni e carros que riscam fogo, certamente não, já que arqueologia é coisa de achar passado, não futuro.

No extremo oposto da caça a isqueiros na terra do quintal, se brinca de soltar peixinho no céu. A gente chama assim aquele tipo de pipa pequena, com menos gravetos, frágil, mas que para o intuito mínimo de pipa servia, ou seja, voa. Peixinho deslizando quase pelas nuvens, empoleirado no barbante, é uma brincadeira seriamente candidata a ter futuro, pois o céu é onde as coisas de futuro deveriam estar. Se me pedissem para desenhar como eu imaginava 2050, eu simplesmente colocaria foguete, turbina e asas de metal em tudo. Carros voando, prédios voando, pessoas voando, cãezinhos — por que não? — e suas casas de cãezinhos voando, e que tal até isqueiros voadores, times de futebol em estádios flutuantes com times de astronautas? Essa realmente me parecia uma brincadeira com futuro, mas descobriria em breve que o que meu pai queria dizer era que eu devia me comportar e um dia trabalhar.

Meus pais trabalham para o céu chamado "um dia". Para um dia encher a casa de móveis, para um dia convidar toda a família para um churrasco, para um dia viajar, para um dia rever a praia, para um dia ter uma televisão grande, para um dia quem sabe até ter um carrinho, e esse nem precisaria voar, porque o futuro era ter o carro em si. Antes desse "um dia", existe a terra do "por enquanto". Porque por enquanto tinha que pagar o aluguel, a luz e o gás, um pouco de carne e alguns bilhetes de loteria. Por Enquanto também era uma brincadeira com futuro, pois é ele que levava ao Um Dia. Mas que grande coisa pode fazer essa coisa chamada futuro para essa coisa chamada brincadeira?

Saio a primeira vez que saí de casa com Por Enquanto nos braços, com a missão de vender geladinho de Nescau, laranja e limão pelo bairro. Primeiro problema: o de Nescau é muito gostoso, especialmente no fim, e antes do meio-dia já tomei três dos seis geladinhos. Segundo problema: a caixa de isopor não é tão forte quanto o submarino-cobertor, e o gelo dentro dela derrete muito rápido, tornando o geladinho um suco que molha minha camiseta. Terceiro problema: o mundo é cheio de coisas para brincar. Fazer careta pra cachorro bravo e sair correndo, tentar acompanhar a sombra de uma nuvem, batucar na caixa de isopor no mesmo ritmo que o motor do caminhão de lixo, quando percebo é hora de voltar pra casa e fracassei no ofício de vendedor. Sou dispensado precocemente dos meus afazeres, adio por algum tempo essa história de trabalhar, que ficará para Um Dia. No Por Enquanto, o imbatível Ferroviária de Dedo tenta o heptacampeonato e lá fora peixinhos aproveitam o céu desocupado das coisas voadoras do futuro.

Beliche

Beliche é uma resposta simples para a pergunta "Onde inferno eu vou enfiar essas crianças que não têm mais tamanho pra dormir na cama com os pais?". Ele se encontra perfeitamente entre a gambiarra e a engenharia espacial. Incrível como não existe o verbo "belichar" na língua portuguesa que descreva "fazer caber onde parecia que não". Vou belichar essas roupas na mala. Belichei três pedaços de lasanha. Se eu belichar no próximo vagão, não me atraso.

Para quem mora de aluguel, o beliche também propõe uma lição sobre cuidado. A cada mudança de casa, um parafuso a menos, que parece a princípio alguma coisa com que se pode viver sem, mas isso só até a remontagem terminar e o beliche ou passar a fazer um ruído de total desaprovação ou ficar molenga como bambu de varal ou os dois. Depois de algum suspense, a gente se acostuma, o ranger da madeira e o balanço se tornam íntimos do espaço.

Beliche em um lar propõe uma negociação, mas nem sempre. Quem é mais velho vai em cima e pronto. Contraintuitivo no mínimo, já que quem é maior oferece mais perigo a quem está embaixo; nem sempre beliches são fabricados com o que há de melhor no segmento de madeiras. Além disso, quem é mais velho provavelmente já deve ter arranjado um serviço antes, e estar mais próximo do chão facilita na hora de pegar coragem pra acordar antes das sete. Mas a lógica do beliche não é cem por cento funcional e técnica, ela passa por um simbolismo.

Se o nosso corpo fosse um beliche, o cérebro ficaria na parte de cima, e isso, em uma tese totalmente arbitrária que acabei de inventar, poderia oferecer uma explicação sobre por que a hierarquia se impõe sobre quem dorme em qual lugar. A parte de cima ainda traz outras questões delicadas. Se você costuma acordar no susto com pesadelos e o teto do quarto for baixo, é óbvio que cedo ou tarde vai bater a cabeça logo no primeiro movimento do dia. No beliche de baixo, a testa bate no máximo no colchão ou no estrado de madeira, causando muito menos danos. Se você tem um sono agitado e costuma rolar para um lado, a queda será maior e, por fim, a parte de cima balança muito mais.

Embaixo existe o estímulo à criatividade, já que você pode desenhar no estrado suas reflexões prévias sobre o mundo que espera conhecer. Poder cutucar quem está em cima também proporciona uma forma de reação ou pirraça. Em outro sentido, de certo modo, ao menos em mim, trazia algum conforto a ideia de um cobertor acima do meu cobertor. Se o beliche de cima é a cabeça, o de baixo é a barriga, a parte do corpo que mais lembra um abrigo.

Ora, parece que as vantagens todas estão em ficar na parte de baixo, no entanto o significado de dormir na parte de cima é tão dominante que você continua a desejar a desvantagem como se fosse vantagem. Eu sei de todas essas coisas porque já dormi na parte de cima, bati a cabeça e caí, às vezes na mesma situação, e ainda sustentei a percepção de hierarquia.

Um dia, praticamente apoiado em pregos que deveriam ser parafusos, o beliche se torna inviável e vira duas camas. E você percebe que na verdade toda essa dinâmica se apoiava numa ilusão. A função das duas partes é rigorosamente igual e o chão ou o teto não são lugares tão diferentes assim em uma casa pequena. Trata-se do mesmo metro quadrado onde se espera que duas pessoas possam ter o mínimo de jeito para dormir, onde sonhos tranquilos ou pesadelos agitados encontram uma forma de belichar.

Os Pintiman

A caixa parecia um tesouro desenterrado encontrado ao acaso numa praia suja. Tábuas mal-ajeitadas se intrometiam umas nas outras e de cada uma pendia um tipo diferente de podridão, sendo tudo isso laceado por um pano que deveria ter sido uma toalha de mesa.

Vínhamos da feira, meu pai reclamava atenção para o desembrulho, mas até eu, criança sem ter posto muito os pés para fora, já sabia o que cantava lá dentro. Até anunciei minha sabedoria, mas minha mãe corrigiu que não era canto, era piada. Piada não de anedota, mas de pio de passarinho, como os que meu pai tinha nas gaiolas, só que pios muito mais rápidos e mais fortes, que pareciam ligados num motorzinho de curiosidade.

O pai tinha razão em fazer firula, pois os bichos lá dentro não eram só pássaros, eram pintinhos coloridos. Eles vêm de uma galinha azul e rosa também? Deixe de ser leso, menino, foi a resposta que recebi, o pintinho era pintado. Claro que isso me confundiu um pouco, primeiro o canto não era canto, era piada, e a piada não era coisa com graça, era barulho, depois a cor do pintinho era pintada, quase me veio a confusão na boca, eu arriscado a tomar um tapaço do meu pai, que ficaria ensimesmado se eu perguntasse "Mas por quê?".

E como sempre acontece em cabeça infantil, a confusão logo virou entusiasmo, isso porque eram cinco, cada um de uma cor, e me pareceu plausível que os pintinhos eram feito aqueles heróis da tevê, os Changeman. Cada Changeman tinha uma cor, eu sabia disso porque na escolinha a tevê era colorida, enquanto em casa eram quatro cinza e um preto. Acho que prevendo nos meus olhos a imaginação tomando conta, meu pai mandou logo a interdição: Não é pra mexer com eles! E soltou os pintinhos no quintal.

Fiquei espiando pela porta, quase o dia todo, o desbravar dos Pintiman pelo terreno, subindo em pequenas pedras, tropeçando em gravetos e piando, cada vez mais acostumados, como se nunca tivessem saído de uma caixa de tesouro abandonada.

Depois do almoço, meu pai ia jogar dominó na praça e minha mãe ficava no *Programa Silvio Santos*, que ia até depois que eu já estivesse dormindo. Aproveitei esse intervalo, desobedeci sem hesitação e fui pra perto dos pintinhos. Todo aquele passeio deles pelo quintal era bom, mas faltava drama, faltava vilões e piruetas, como na tevê.

Achei que os pintinhos estavam entediados e pus eles pra brincar. Atacava com folhas monstro do espaço e fazia a luta ficar emparelhada até que, no último instante, a folha cedia e caía. E ensinava aos pintinhos golpes de pirueta, pegava o corpinho deles e girava no ar pra ver se eles paravam em pé, mas para minha decepção eles sempre caíam. Eu girava e girava e eles caíam e caíam. Foi assim por um tempo, até que percebi que eles não voltaram a ficar de pé depois de cair. Ficaram estirados no chão. Talvez estivessem cansados de combater o mal, então coloquei um ao lado do outro, deitados como almofadinhas, e voltei pra casa.

No dia seguinte, o que me entristeceu mesmo é que, quando fui enterrar os pintinhos, eles já tinham sido colocados no saco de lixo. Das nossas aventuras, sobraram apenas as folhas derrotadas.

O golpe da garça

Dizem que as brigas que perdemos são as que nunca iremos esquecer. Não é bem assim.

Pelo menos não quando estamos falando de treta na saída da escola.

Me lembro que apanhar de tomar o maior cacete, de ficar com nariz sangrando e escarrando, todo ralado no cotovelo e no joelho, uma surra desmoralizante, isso eu sempre consegui evitar. Perdia, mas com dignidade.

Minha tática era simples: eu só aceitava entrar na treta se o adversário fosse mais ou menos tão incapaz de lutar quanto eu. Aí se eu perdesse, e geralmente perdia, no máximo eu era derrubado no chão, tomava uns dois socos e um chutinho finalizador de luta.

"Cuzão!" e chutinho. Só pra galera dizer "Oooorra" e dispersar.

Daí eu levantava, pegava meu caderno de dez matérias amassado e ia embora sendo zoado até o fim da rua, onde, ao virar a esquina, acabava a história.

Existia certa ética nessas brigas.

O cara querer encrencar com um moleque de duas séries antes da dele já era demais. Caso acontecesse, e aconteceu comigo três vezes, vinha sempre um salvador da pátria pra me defender: "E aí, maluco, vai mexer com o moleque mesmo? Vai mexer com o moleque?". O mesmo garoto me salvou as três vezes. Um grande herói, pronto pra colher a admiração das minas com seu gesto altruísta.

E foi entre um "vixe, vai deixar xingar a sua mãe?" e outro que apanhei apenas o suficiente e fui levando a vida sem muita expectativa, exceto a redução de danos.

Até que apareceu o Diogo.

O Diogo, você estudou com um cara como o Diogo.

No físico, ele estava perfeitamente apto a ser um nerd dos anos 1990, mas queria era ser o malandrão. Queria ser da zoeira, mas tinha aquelas canetinhas com dez cores que a mãe tinha dado. E lancheira, tá me entendendo? Eu não estou falando de um tapuér enrolado no pano de prato com temas natalinos ou de frutas, nem de dois reais para o combo coxinha + suco. Estou falando de uma lancheira temática, com divisórias internas, juro pelo Mundial do Coringão, espaço reservado para fruta e aquele negócio de tomar suco com canudo. Diogo tinha aquele tênis que acendia luzinha, sabe? Ele dizia assim: "Professora, posso apontar meu lápis na lixeira?", só pra levantar e todo mundo ver seu tênis pisca-pisca. Ele era alto, desengonçado e caolho.

Se eu não conhecesse o Diogo, na hora que ele deixou o pé propositalmente no caminho pra eu tropeçar, quando visse aquele tampão no olho direito dele, eu iria recuar e aceitar minha inferioridade, já que tampão no olho é coisa de moleque bravo, ninja. Em vez disso, dei um empurrão nele, só que de leve, que era toda minha força na época, mas que foi suficiente para uma Queda Patética de Bunda no Pátio.

"Aí, tá fudido na hora da saída!"

Oi? Como é? Eu tô ouvindo direito? O Diogo disse que eu tô fudido na hora da saída? O Diogo? Esse Diogo? Ah, não. Peraí. Ah, não. Mas veja só. Tinha chegado a hora de eu finalmente vencer uma briga. O Diogo, cara. Só respondi com o gesto universal de vou-te-descer-o-cacete, que é socar a palma da mão apontando pro inimigo.

Para todos os efeitos é bom deixar bem claro que eu era tão desengonçado e bobo quanto o Diogo, com a diferença de que eu não tinha grana nem pra coxinha — vale a informação de que consegui comer nove meses fiado na barraca até que o dono aceitou que eu não iria nunca conseguir pagar minha dívida — e que eu realmente tirava boas notas, enquanto o Diogo era a primeira quebra na minha percepção de que pessoas de óculos são necessariamente inteligentes.

Minha vantagem é que nunca tinha visto ele em nenhuma briga e eu, bem ou mal, já tinha apanhado umas sete vezes só naquele semestre. Nem fodendo que eu ia levar uma surra do Diogo, levar chutinho, pegar meu caderno e ser zoado até o fim da rua. Pra tudo tem um limite. Se eu apanhasse do Diogo, eu seria o alvo não dos moleques bravos de grupinho, mas de outros fudidos, que tentariam crescer na moral arrumando treta com o único indivíduo facilmente chutável naquela escola, eu. Aquela briga era muito mais decisiva do que as outras.

Bateu o sinal da saída.

Fiz uma cera pra cruzar o portão. Tem esse jogo psicológico também, de deixar o adversário na dúvida, "Será que ele fugiu?", e de repente apareci todo boladão, camiseta pra fora da calça, olhar no horizonte, postura de quem tem uma ficha no fliperama e vai zerar o *Street Fighter* com o Akuma enquanto fuma um cigarro.

Tinha uma galera.

Mas o Diogo era tão mirim que nem esperou, abriu a roda e já veio socando o ar acima da minha cabeça. Coordenação motora e pontaria: inexistentes.

Empurrei.

Vamos fazer direito.

Briga de saída de escola tem um ritual, ô cacete. Vamos respeitar a tradição.

"Abre a roda, abre a roda", orientei a plateia. Daí cheguei num menino da sala e pedi: "Segura aqui o meu caderno".

Na treta de rua, "Segura aqui o meu caderno" equivale ao gongo do primeiro round de uma luta profissional.

Não tem volta depois que alguém segurou o seu caderno.

Eu estava pronto, determinado, eu diria até confiante, porém logo minha determinação foi abalada por uma das cenas mais ridículas que eu já tinha visto em toda minha fodida vida.

Diogo se afastou, dando dois passos pra trás. O vagabundo não era capoeirista, qual é essa agora, pensei. Pois Diogo, sem pestanejar, sem hesitar nem por um instante, ergueu os braços e fez a pose do *Karatê Kid*, sabe qual é?

Eu tô falando do lendário Golpe da Garça.

Eu tô falando de Diogo parado com os braços levantados, fazendo tipo as asas da garça e se equilibrando num pé só. Que nem garça. Por isso o nome.

Fiquei sem reação, tomado por um breve conflito moral.

É disso que se trata? Diogo quer apenas um espetáculo, uma performance? Viramos marionetes do entretenimento sádico estudantil? É. Viramos. Fomos reduzidos a isso? Sim. Fomos. Diogo talvez entendesse profundamente a natureza das tretas em saída de escola. Não se tratava de ganhar ou perder, mas de entreter. A verdadeira briga era com os espectadores, uma briga sem gritaria não tem vencedores e quando Diogo, sem nenhum senso de preservação da sua imagem, imitou o Golpe da Garça, a cacofonia explodiu. Diogo estava à frente do seu tempo, a única fama possível era a infâmia.

Começou o show.

Foi uma sequência incrivelmente criativa de golpes malsucedidos e estupidamente executados, baseados em filmes, desenhos e jogos como:

– O combo de chutes de Jean-Claude Van Damme em *O grande Dragão Branco*;

– a famosa coreografia das mãos ninjas feita por Leroy Green em *O último Dragão* (em homenagem ao Bruce Lee), também conhecido como O Filme de Artes Marciais Mais Legal de Todos os Tempos;

– e o desafiador Fingir que Vai Socar a Cara e Acertar o Estômago, ao estilo comédia pastelão.

Tudo corria muito bem, do meu ponto de vista realizando a melhor luta do ano — numa época em que não existiam smartphones para eternizar aquele momento —, e ainda por cima ambos sem ferimentos, dada a nossa franca incapacidade de desferir um golpe decente. O nosso *wrestling nerd* precisava, no entanto, de um vencedor nem que fosse simbólico, e quando resolvi atacar a perna do Diogo, minha intenção era finalizar logo aquilo num rodo simples, numa rasteira, só pra encerrar decentemente aquela apresentação. E quando eu já dava com a minha razoável vitória, ele me mordeu.

Aquilo nem golpe era. Que falta de decoro. Que deselegância.

Me deu uma baita dentada no braço.

Doeu pra caralho.

O.k., Diogo. Ponto pelo improviso e pela falta de escrúpulos, mas agora ficou sério.

Nem Mike Tyson podia morder os outros por aí e ficar por isso mesmo.

Puto com aquela súbita deslealdade e falta de fair play, eu, no puro reflexo, acertei uma espetacular porradona bem no meio daquela bochecha macia.

Negócio plástico. Cinematográfico. Emoldurável.

Diogo caiu com tudo pra trás e me encarou assustado. Nem eu sabia que se podia socar alguém com tanto apelo estético.

Aí uma coisa séria aconteceu naquele instante, e eu não havia previsto aquilo. Diogo me encarou e me viu como alguém a ser temido, o que causou em mim uma desagradável mas irresistível sensação de potência, de domínio. Alguém te olhando com um medo real é algo muito perigoso de se acostumar. Então eu só falei:

"Caralho, mano, essa mordida vai doer uma semana."
"Desculpa."
"Tá bom. Desculpa pelo soco."
"Empate?"
"Empate."

Concordamos e dessa forma ninguém pôde dar o chutinho finalizador. Cada um foi pra sua casa com sua vergonha e nada mais. Melhor assim.

Nunca se sabe o resultado quando dois maus perdedores se enfrentam.

Coca

O primeiro bem de consumo que eu trouxe pra casa foi um refrigerante, Alguma Coisa Cola, imitação da Coca, dois litros. Engraçado pensar hoje que o refrigerante em si já é uma imitação, imita ingredientes que não possui, um frescor que não é fresco, é uma bebida que te deixa com mais sede... Ou seja, naquele dia eu trouxe pra casa, transgressor, a imitação de uma imitação.

Naquele dia eu também estava começando uma imitação. Isso porque meu pai era quem trazia o refrigerante até então. E era o Guara Alguma Coisa, imitação do Guaraná, ou de laranja ou de uva. Ainda existem refrigerantes de uva? Eu tomei tanto refrigerante de uva que, na primeira vez em que experimentei uva de verdade, detestei; faltavam as propriedades químicas que mais pareciam nomes aleatórios de planetas de filme de ficção científica. Coca, a do rótulo Coca e com o R de marca registrada, com tampa vermelha e tudo, essa daí era em aniversário, Páscoa e pras visitas, a depender da visita.

Tem uma expressão que eu aprendi na infância que é uma das minhas preferidas até hoje: "cheio de querer ser". No contexto em que cresci, era usada pejorativamente, nem sei exatamente por quê, mas esse negócio de estar tomado pela ideia e desejo de vir a se tornar alguma coisa não era muito bem entendido. Como acontece quando, usando uma calça com furo extra no cinto, você aponta com a unha suja a geladeira da padaria e avisa de antemão, para não ter nenhum mal-entendido, que, sim, você, um jovem voltando pra casa após receber o primeiro adiantamento do seu primeiro serviço, irá mesmo comprar um refrigerante de dois litros. E seis pãezinhos. Em pleno dia da semana.

Por sorte não tinha a Coca com R no estabelecimento, ou a querência de ser iria se tornar uma provocação óbvia e era capaz de rolar violência, então levei a imitação mesmo. A expectativa: suprir inesperadamente a necessidade familiar do gosto, ao menos intencionado, de Coca, e receber de volta uma justa admiração, como um cartaz daqueles de lanchonete, mas sem crianças loiras, pai engravatado e mãe branca que cozinha de batom vermelho. Abri a porta de casa com indisfarçável orgulho e altivez, como um personagem da Disney prestes a cantar seus sonhos na janela, mas eu não tinha nenhuma canção para tirar da sacola, e sim uma garrafa pet suada de expectativas.

Em vez de colocar a Coca direto na geladeira, a expus na mesa, como se exibindo uma caça feroz de 25 000 a.C. O olhar que recebi de todos parecia bandeirinhas de São João de tão lateralmente uniformes, penduradas num varal de ranço. Eu não era um orgulhoso caçador, mas um gato confuso que traz um inseto asqueroso na boca achando que irá agradar seu bando. Talvez um número musical solitário causasse menos estranhamento.

Fui guardar o refrigerante, pois logo seria hora do jantar, e encontrei ele, o Laranja Alguma Coisa, só com um tiquinho já tomado. Cabe dizer que é uma das piores coisas já anotadas na categoria alimentos e bebidas de toda a humanidade. O Laranja Alguma Coisa deixava um gosto de plástico subqueimado na garganta de dois a três dias, algo que inclusive inviabilizava os sabores de qualquer outra coisa; uma camada de isopor líquido pairava na língua de quem se aventurasse em um ou dois copos. Mas, sinceramente, não fosse eu naquele momento um provedor de bens da família, tomaria feliz o Laranja Alguma Coisa, até escondido, como alguém já tinha feito pelo tiquinho a menos de líquido na garrafa. Porém, naquele dia eu tinha o Alguma Coisa Cola, que hierarquicamente era incomparável.

Tomei banho e, quando saí, pensei que talvez a ficha tivesse caído de que eu tinha trazido algo bom, algo prazeroso para aquela casa de pessoas exaustas. Até as crianças pareciam exasperadas, de garganta seca, com a respiração pesada. Na hora da janta, minha mãe servia os pratos e meu pai tirou só o Laranja Alguma Coisa da geladeira. Talvez pensasse que eu, egoísta, tinha comprado o refrigerante só pra mim ou que ia levar no dia seguinte para o trabalho, num desses cafés da manhã de colegas. Tratei de tirar o meu refrigerante da geladeira e de colocá-lo no centro da mesa, ao lado da imitação cítrica, para que ficasse bem clara a disponibilidade do delicioso líquido escuro com cheiro de remédio infantil pra tosse.

Então meu pai puxou os assuntos de sempre com minha mãe, histórias do trabalho, fofocas sobre doenças inesperadas, piadas repetidas e coisas erradas que estavam acontecendo no mundo "nestes dias". Minha mãe, como sempre, entrou no seu estado de *uhuminação*, que é uma forma de meditação intuitiva alcançada através da repetição indefinida de *uhum*, buscando não a iluminação, mas o apagamento total, se possível o quanto antes.

Ambos tomaram Laranja Isopor. Dois copos cada um. Chegou meu irmão mais velho, também vindo do trabalho, sem nenhuma sacola da padaria, aparecendo desse jeito, talvez, por ser mais experiente do que eu na dinâmica dos refrigerantes. Se serviu do Laranja Alguma Coisa. Acabou a comida e finalmente resolvi perguntar, vão querer Coca?

"Isso aí não é Coca", disse sem rodeios meu pai. E saiu da mesa.

Virei pra minha mãe e perguntei: "Não vai querer Coca?".
Ela *uhuminou* pra mim e saiu da mesa.

Após pratos retirados e todos encaminhados em seus sonos leves, eu ainda estava de pé. Tomei todo o Alguma Coisa Cola, mais de oito copos. Não, não, ninguém iria tomar escondido de madrugada ou longe de mim. Fui dormir cheio, empanturrado, arrotado de querer ser gente.

Carmudo

Helivélton rodava o caderno no dedo como uma bola de basquete e isso deve ter sido o suficiente para eu achar que ele seria um amigo interessante, desses que falam *Ei, vamos cabular aula hoje e ir pro Parque do Carmo?* e eu respondo *Demorô*. Em matéria de Motivos de Cabulagem, a ida ao Parque do Carmo era realmente uma alternativa esperta, já que o fliperama ficava no caminho da escola, e o Sesc Itaquera, além de ser mais longe, podia ser uma fria. Capaz de chegar lá e o meu amigo malabarista não passar no exame pra entrar na piscina, já que ele tinha manchas feias naqueles dedos ágeis, que muito provavelmente eram micose.

Cabular aula não tinha nada a ver com falta de interesse na escola, mas com excesso de interesse em viver um dia bom. O Parque do Carmo exigia tão somente a colaboração de dois trabalhadores: o cobrador do busão da ida e o cobrador do busão da volta. Eles sempre bufavam ou faziam algum comentário cínico, mas no fim deixavam a gente passar por baixo da catraca, ainda que naquela época tenham começado a instalar catracas maiores, então você tinha que se esfregar no chão não exatamente higiênico do veículo. O importante é que em pouco mais de vinte minutos chegamos à nossa Fantástica Fábrica de Chocolate — ela não era fantástica, não era uma fábrica, nem tinha chocolate, mas vocês entenderam. O grande truque da molecagem naqueles dias era viver gastando o mínimo, que, por sinal, era só o que tínhamos.

Tudo parecia mais interessante porque simplesmente não estávamos pagando. Sentar na grama, beber água do bebedouro, escalar árvore. O céu nublado, somado ao fato de que em dia de semana à tarde quase ninguém passeava pelo Parque do Carmo, deu à situação um tom de aventura. Dois jovens desbravadores em busca de tesouros em terras esquecidas. Eu era um inútil, mas o Helivélton girava o caderno no dedo, então estaríamos bem em caso de perigo. Mas claro que isso logo foi colocado à prova.

Quando percebi um homem parado, estranhamente nos encarando lá no começo de uma clareira, alertei:

"Tem um maluco esquisitão olhando pra nós."

Helivélton, que apesar de outros talentos era um pouco inocente, disse que provavelmente era um guardinha.

"Guardinha de polo amarela e bermuda?"

Percebi pelo olhar do meu amigo, após esse meu argumento irrefutável, que dali não sairia plano nenhum. Era até provável que o Helivélton nunca tivesse um plano para as coisas, que ele era apenas um menino que girava o caderno no dedo, que tinha preguiça de geografia e matemática, e que dizia *Ei, vamos cabular aula hoje e ir pro Parque do Carmo?* sem ter uma análise prévia das implicações das ações necessárias para concretizar esse plano, e me dei conta de que até aquele momento eu não tinha almoçado, e realmente até dá pra escalar árvores de graça neste país, mas almoçar já é querer demais, e que o céu nublado indicava chuva, e que se chovesse eu teria que explicar pra minha mãe como me ensopei dentro da escola, então eu inventaria uma mentira que exigiria um custo bem alto de manutenção, algo como um aluno passando mal no pátio da escola, atingido por um raio, na verdade, na verdade, quase atingido por um raio, porque ele sobreviveu, então não foi certeiro, só que eu estava perto e...

"Mano!", disse o Helivélton, me tirando da brisa. "Tá brisando, mano? Ele tá vindo pra cá!"

Olhei, e o sujeito andava como uma criatura daquele filme *Invasores de corpos*, obstinado, constante, perturbador. Uma vez estabelecido que eu era o cara dos planos, me adiantei e coordenei nossa reação:

"Corre, caralho!"

Avançamos em direção ao refúgio mais acessível, uma área mais escura e erma da mata onde a mobilidade era drasticamente reduzida. Tropeçando em galhos e topando com folhas, pedras e barro, esbaforidos, alcançamos o que parecia ser um rio estreito de lama. Nossa camiseta da escola estava completamente incompatível com uma aula de soma de números compostos. O jeito era encontrar uma saída pelo outro lado.

Contornamos a poça até que deparei com algo que mudou completamente o propósito daquela jornada. O corpo era peludo, inchado, como o de cachorros que você achava no rio do bairro, mas era outra coisa, talvez um pouco maior e com rabo de outra coisa, e boiava, morto. Ficamos fascinados com aquele negócio, concordamos que nunca tínhamos visto algo assim, e realmente a gente nunca imaginou que algo interessante fosse acontecer naquela fase da nossa vida, um bicho inédito. Mas será mesmo?, nos perguntamos, será mesmo que a gente descobriu *uma nova espécie de animal*? Porque se sim, amigos, porque se sim, aquilo deveria valer algum dinheiro. E com dinheiro, ah, com dinheiro, tudo fica mais interessante quando você pode pagar. De repente o assunto virou o que faríamos com o dinheiro do prêmio pela nossa descoberta. Nesse universo de aventuras que estávamos experimentando, pessoas eram premiadas por descobrirem cadáveres de bichos inéditos num parque público. Eu compraria um fliperama, o Helivélton compraria toda a quermesse da rua 05, eu construiria uma quadra de futebol no quintal da minha mansão, ele, uma fábrica de pipas por controle remoto — isso nem existia, mas com dinheiro daria para inventar. Tudo porque encontramos aquele bicho, talvez fosse bom se déssemos um nome pra ele, eu sempre fui bom em nomes, e já que estávamos no Parque do Carmo, o nome que pensei foi Carmudo, fosse aquilo o que fosse.

"É uma ratazana", disse o homem de polo amarela atrás de nós. "Já viram uma ratazana desse tamanho?"

Deve ter sido uma corrida de pelo menos dez minutos entre o trecho ermo, a clareira e o caminho pra saída, e já víamos o portão quando começou a chover. Naquele instante, fugindo de um potencial maníaco após descobrir um cadáver gigante e precisando contar com a solidariedade de um cobrador pra voltar pra casa sujo e ensopado, eu senti que aquele tinha sido um dia bom.

Quadros

Otávio jurou que era "Prosperidade" o significado daquele ideograma japonês no quadro de azulejo. Cada um era quinze reais, dos quais eu poderia ficar com três. Tinha um grandão, uma mina que se transformava num mar ou um mar que se transformava nela, e uma lua cheia no céu, tudo muito bonito.

Otávio fazia as artes na garagem mesmo, paisagens, bichos, até uns experimentos como uma mão de gesso que saía do quadro segurando um cristal rosa. Eu achava o Otávio foda, engraçado, líder, artista. E era inteligente também, então acreditei que era prosperidade mesmo o significado daquele símbolo. Era em relevo, em cima de um desenho que lembrava o sol, mas nunca perguntei se estava certo.

A gente combinou que ele me descolava os quadros e que eu bateria perna por aí, tentando vender nesse esquema meio improvisado de divisão de lucros. Saí da garagem do Otávio com Prosperidade, Amor, Fé, Coragem e a mina que se transformava no mar, cujo significado, segundo Otávio, era "tudo isso junto". Resolvi dar um tempo na saída do metrô Itaquera, logo cedinho. Disputava atenção com o moleque do Halls e com o cara do Suflair-três-é-dez. Ele chamava meio cantando "Suflér três é dez, três é dez, três é dez!", e eu, que supostamente tinha entrado nesse esquema pela minha desenvoltura verbal, consegui apenas produzir um patético "Olha o quadro, olha o quadro aí". Isso nem parecia convidativo, era quase um pedido para desviar da mercadoria, "Olha o quadro aí, pô".

Outra questão é que não tinha promoção, seu fosse dar desconto ia sair da minha parte, que já era pouca; além disso, uma coisa é pagar barato no Suflair que nem Prosperidade tinha. Por outro lado, bateu o óbvio na consciência de que ninguém ia comprar um quadro indo pro trabalho tendo que passar pela linha vermelha. O trabalhador que acordou ligeiro só quer dar uma disfarçada no bafo, uma dose de glicose e uma musiquinha pra passar um tempo e inibir gente estranha de puxar assunto. Amor só depois de bater o ponto da saída.

Guardei minha mercadoria e pensei que logo ali perto tinha um Atacadão Hipermercados. Nem quinze minutos se passaram e um cara avisou que pra ficar ali tinha que falar com não sei quem, porque não podia, mas pra poder tinha que deixar uma taxa, essas coisas. Com dezesseis anos eu não tinha muita condição de desenrolar uma questão burocrática dessas. Eu só tinha a manhã pra esse bico. À tarde encontrei Otávio sem nenhuma notícia boa pra dar, mas ele foi compreensivo: "Porra, metrô Itaquera? Aí você me fode, oferece primeiro pra parente, né?". Ou seja, ele compreendeu que fui um pouco burro. Mas dia seguinte é dia seguinte, como dizia o próprio Otávio, e primeiro tentei umas tias. Não minhas, mas dos outros, de amigos, amigas. Nada. Inclusive uma perguntou como é que eu sabia que estava escrito mesmo Prosperidade e não Demônio. Argumentei que ninguém venderia um quadro escrito Demônio, mas a verdade é que ela tinha um ponto. Dessa vez Otávio disse apenas "Putz", e isso me doeu mais do que qualquer outra reação. Muita coisa cabia naquele putz, não era algo necessariamente ofensivo. Um putz envolvido pela sensação de desperdício e pena. Que desperdício de tempo e que pena que você não consegue vender Amor pra uma tia.

Mas dia seguinte é dia seguinte. Chegou o fim de semana, eu poderia esperar a segunda, mas eu tinha um plano. Naquela época havia um shopping que era bem um galpão com cinema, o nome era Diretão e nele tinha uma loja de Tudo Por Um Real, onde absolutamente nada era por um real. Muita coisa de decoração, elefantinho, panos, santos, essas coisas e, claro, quadros. O quadro do menino chorando, o quadro da menina chorando, o quadro do Charles Chaplin chorando, do cachorro chorando, da rosa chorando, de um panda chorando, de Jesus chorando. Nome da loja: Alegria em Cores. Meu plano era o seguinte: convocaria um amigo pra ir comigo no Diretão e, chegando lá, a gente se espalharia. Eu entrava na Alegria em Cores, oferecia os quadros e, enquanto eu explicava detalhes da técnica no azulejo e os significados de cada coisa, esse meu comparsa entraria na loja fingindo ser um cliente aleatório que ficaria imediatamente embasbacado com a beleza da minha mercadoria e compraria de mim ali mesmo. "Uau", ele diria para o dono da loja, "vocês têm mais desses por aí?" Mas de um jeito convincente. Meu amigo era branco, na verdade tão branco que o seu apelido era Branco. Deveria ser o suficiente para convencermos o interlocutor, que certamente garantiria ali mesmo todo o meu estoque. Acontece que o Branco chega no shopping para a execução do nosso estratagema com a desgraça de uma camiseta zoada do Taz-Mania. E acontece também que o espírito do ridículo resolveu soprar seus ventos justamente no momento crucial da nossa atuação na loja, tomamos súbita consciência do absurdo da cena e tivemos uma crise de riso. Branco nem conseguiu terminar a primeira linha da fala, e, se pudesse, a mulher-mar se escangalharia de rir também.

Segunda eu faltei na escola e fiquei refletindo sobre o meu futuro no mercado das artes. Mas dia seguinte é dia seguinte, e na terça tive mais uma da minha série de excelentes ideias. Padaria. Se tinha um lugar que esses quadros ficariam bons era numa padaria. E, de fato, a imagem mental do quadro projetando belos conceitos universais sobre esse ambiente especialmente periférico, que une velhos em busca da cachaça, donas de casa em busca de pão, crianças querendo doces e marmanjos querendo cigarro e futebol, era algo perfeito e harmônico. Movido por uma intuição esmagadora e pujante, me direcionei pra padaria Recanto dos Ipês, passada firme, obstinado. Quando na padaria, ignorei solene as demais pessoas e me encaminhei pro rapaz do balcão, exigindo falar com o dono do estabelecimento porque eu tinha um negócio pra oferecer. Assim mesmo, um negócio pra oferecer. No entanto, o moço nem virou o rosto pra mim e no impulso quase me serviu um pingado que eu não tinha pedido. Ele observava a televisão, e notei decantado do meu surto de confiança que todos olhavam para a televisão, velhos, donas, crianças, marmanjos. "É o fim do mundo isso aí", puxou alguém. A imagem chuviscada mostrava um prédio com um buraco e muita fumaça preta. Percebendo minha curiosidade, um velho bafo de pinga virou pra mim e disse que era nos Estados Unidos, "os homi tão atacando os Estados Unidos". E fez um cabrum com a mão se abrindo e fechando. Fiquei tomado pela imagem chuviscada, o replay do avião se chocando na torre. O velho perguntou pra mim: Isso aí é o quê? Prosperidade, respondi. E esse? Amor. E esse? Fé. E esse? Coragem. E essa mulher aí? É tudo isso junto. Ah, é a vida então, né?, ele concluiu. Mais ou menos, respondi.

Mas dia seguinte é dia seguinte, e não sei mais por onde anda o artista, nem se ele pinta nem se ampliou o repertório de ideogramas japoneses, as Torres Gêmeas não foram reconstruídas, tive outras experiências como vendedor, mas o quadro com relevo do sol acabou ficando na casa da minha família por mais de vinte anos, regalo de Otávio pelo meu esforço.

A testemunha

Quando eu cheguei você já estava aqui. Não recordo a primeira lembrança que tenho de você. No Jardim Etelvina você estava por perto quando quebrei um dente depois de tomar um susto assistindo *A hora do pesadelo* no Supercine. Caí de cara, minha boca sangrou, mas você manteve a frieza diante do meu grito. Pra mim você era tão grande que eu quase não alcançava o seu braço. Na pensão você testemunhou quando nasceu meu pânico por baratas, que pareciam me perseguir, até que passei a dormir mumificado no colchão.

Tenho uma foto dos anos 1970 com você atrás da minha mãe enquanto ela segurava meus irmãos mais velhos. As cores da imagem estão opacas, mas eu consigo imaginar que foi nessa época que você mais brilhou.

Entre 1989 e 2009 moramos pelo menos em catorze casas diferentes, sempre com você recebendo todo o cuidado merecido. Não diria que você era exatamente silenciosa, pois seu motor, um tanto quanto teimoso, se impunha apenas o bastante para se consolidar como um elemento do ambiente, o tipo de ronco de fundo que quando silencia gera incômodo e até constrangimento. Dependendo da casa seu tamanho era uma questão, mas em hipótese alguma perdia o protagonismo: era você primeiro, o resto ia se encaixando conforme possível a partir de seu território.

Sua função é uma das mais importantes conquistas da tecnologia humana: conservar alimentos através do frio que controla seu interior. Em seu braço de alumínio se destacava em relevo a palavra Consul em preto. Tinha a parte de cima, o freezer, e a parte de baixo, o refrigerador. Seu modelo atrás tinha uma grade que, por ser bem quente, conseguia secar meias, cuecas e panos com grande eficiência. Essa pequena maravilha se apoiava em quatro pés firmes que pareciam minifoguetes da Nasa, segundo minha observação na época. Ela não tinha grandes ambições, não chamava muito a atenção pra si.

Enquanto Sarney anunciava o Plano Cruzado, ela bem guardava o leite materno de minha mãe que eu reaproveitaria. A própria geladeira saberia contar o fiasco desse plano, detalhando a mudança de seus itens devido à superinflação. Quando o Muro de Berlim caiu, ela estava mais interessada em produzir a gelatina de uva para a sobremesa de domingo. Ela guardou as bebidas do meu pai, os exames de urina da minha mãe e um ou outro bolo de lama com a mesma integridade com que guardava pudins, sobras de frango e legumes. E quando, por longos dias, teve somente bolos de fubá em seu corpo, seu trabalho foi tão dedicado quanto seria tempos depois, empanturrada, especialmente nos meses de dezembro. Talvez em uma frequência muito baixa, tenha tecido comentários sobre todos esses acontecimentos e, quem sabe, aconselhasse outros eletrodomésticos.

Acompanhou a arrogância das tevês, sempre muito mimadas, trocadas uma por uma, a preto e branco pela colorida, depois pela de controle remoto, se transformando em apoios, pelo menos enquanto eram de tubo, até que veio a fininha grandona, enquanto ela permanecia ali, com marcas do tempo que tornaram a sua maturidade ainda mais imponente. A palavra Consul foi desaparecendo entre a ascensão e queda dos Backstreet Boys. Eu, que esticava o braço para alcançar sua alça, cresci a ponto de sem dificuldade alguma guardar objetos em cima de você, objetos que voltavam a ser lembrados antes das mudanças de casa, bonecos, pilhas, santinhos e algum dinheiro, como uma caspa fantástica que descia de sua testa. O amarelo foi dando lugar a algumas ferrugens que primeiro me pareciam mapas da lua, depois palavras incompletas e depois tomaram praticamente toda a sua superfície. Ainda assim ela entregava minhas marmitas frias bem cedinho antes de eu sair de casa para ir trabalhar. Trabalhei, Lula se tornou presidente pela primeira vez, surgiu o computador, o celular, o smartphone e as pessoas começaram a amar telinhas de encostar a mão. Inclusive, algumas de suas versões mais modernas, além de serem de alumínio, podiam vir até com as tais telinhas de encostar a mão. Para ter mais coisas como essa, continuei trabalhando, fiz dívidas, saí de casa e a cada visita aos meus pais sentia que você se abria com mais dificuldade e seu ronco, cada vez mais metálico, carregava certo ressentimento, com o qual passei a me identificar.

Esse ronco sempre foi o primeiro som que emergia — antes mesmo dos gritos da vizinhança — quando a luz, depois de uma queda, voltava a eletrificar as paredes. Sua presença era tão parte da família que meu estranhamento foi imediato ao encontrar sua substituta toda branca e silenciosa na cozinha da minha mãe, incompatível como uma montagem malfeita numa foto, um recorte grotesco. Minha mãe contou que tinha havido uma queda de energia e que, quando a luz voltou, seu ronco não veio junto, houve um silêncio descomunal, embora todo o resto funcionasse como antes. Entenderam que era hora de te encostar e parcelaram aquela nova ali, sem telinha de tocar, sem comentários, sem história, sem nenhuma memória de cheiro naquelas prateleiras frias, mas com algo chamado Frost Free. Pensei sobre a palavra "encostar" para você, que não seria mais tocada.

Alguns meses depois, retornei para outra visita e, para minha surpresa, o ambiente estava preenchido novamente por seu ruído vigoroso e melindroso. Você, feita um totem, com sua inconfundível tipografia de ferrugem, estava lá. Perguntei à minha mãe que teimosia era aquela, meio zombando, meio enternecido, e ela me contou que após intensa investigação descobriu-se que o problema não era em você, mas na tomada, que prontamente foi trocada. "E a geladeira nova, não vai usar não?" Minha mãe me contou então que ela ficaria no quarto, desligada, e que eles precisavam mesmo de "mais um armário". Deixei umas cervejas dentro de você, ao lado dos dois tipos de lasanha que minha mãe faz quando a visito, para o caso de eu ainda achar que tenho intolerância a lactose.

Confesso que foi reconfortante ver algo de familiar e fora de moda ocupando seu devido e merecido espaço, agora com apenas dois pés de foguete e dois calços improvisados sustentando-a meio torta, como que comentando o mundo ao redor.

Molho branco

Às vezes fico curioso sobre quando nasce a vaidade na gente. De fazer algo e se sentir orgulhoso com isso, de querer reconhecimento por determinado feito. Não a empolgação de um bebê dando os primeiros passos, tô falando de ostentação, até mesmo de uma certa soberba. Lembro aqui que eu sentia muito orgulho de conseguir arquear as sobrancelhas. Os adultos realmente pareciam ver algo de particularmente divertido no meu gesto, meus irmãos tentavam também, mas só eu arqueava com habilidade respeitável.

Essa era apenas a minha segunda maior vaidade. A primeira era certamente comer de tudo. Minha mãe dizia pras visitas "Ah, esse aí come de tudo", e pronto, meu dia estava feito. Uma luz diferente se projetava ao meu redor, pois, ao contrário de certas crianças, eu não tinha esse negócio de verdura isso e legume aquilo, eu comia de tudo. Jiló, couve, cenoura, por favor. Pimentão, mandioca, quiabo, você não ouviu minha mãe?, eu como de tudo. E minhas tias "Uau, que menino de ouro". Comer de tudo é um valor social, sim, sim. Imagina que saíamos de uma hiperinflação, de um dia pro outro um item da cesta básica aumentava três vezes de preço, imagina as mães de outras crianças já estressadas pela tarefa de desbravar corredores enquanto tentavam ser mais rápidas que o etiquetador de preços e que, durante essa maratona labiríntica, ainda tinham que pensar se o menino ou a menina iam gostar de berinjela.

Mas minha mãe não; o que ela tivesse na mão era jogo, porque seu rebento comia de tudo. E claro que ela passava com aquele sorriso breve, quase provocativo, na gôndola do qualquer coisa. Um dia uma tia até desafiou a minha fama, perceba, fazendo um cuscuz, a ousada. "Vai cuscuz, *Ricardinho*?" Esperando e torcendo no mínimo pela minha derrocada em pleno domingo de Páscoa. Pois não só comi como repeti e ainda tomei dois copos de refrigerante. Quem sabe na próxima, tia, quem sabe na próxima. Confesso que eu deveria ter continuado nessa toada, minha personalidade seria construída em torno disso, alguém que come de tudo, não muito nem pouco, apenas de tudo. Ler de tudo eu não leio, ouvir de tudo também não, mas comer, pô, aí você já sabe.

Infelizmente a gula me ensinou antes da literatura que na vida a palavra "tudo" é muito perigosa e traiçoeira. Não há trairagem maior, inclusive, que a minha derrocada tenha acontecido justamente no Natal, o maior evento culinário do ano na minha família e, portanto, o ápice da minha façanha. Afinal existia naquela época a cesta básica de Natal e com o dinheiro do décimo terceiro era simplesmente correr pros purês, carnes e sobremesas. A virada na minha jornada se deu como todas as viradas, sem nenhuma explicação convincente, apenas se deu em meu prato quando alguém cobriu uma porção de arroz de forno com algo chamado molho branco.

Esse molho branco ainda inédito na minha vida, não sei se foi a preparação, não sei se foi a combinação dele com os pedacinhos de legumes do arroz, não sei, nunca saberei. Aquilo desativou o meu poder. Foi um *molhocalipse*. Muito cedo, eu sei, eu também não estava preparado pra isso. Enquanto a pasta alimentar se formava em minha boca, senti um desconforto muito grande. Envergonhado e ainda tímido, discretamente utilizei a estratégia das crianças covardes, que é a de empurrar a comida pros cantos do prato como se já tivesse consumido boa parte da refeição. Essa peripécia não enganaria os olhos mineiros de minha mãe, que registrou a questão, mas não quis fazer alarde. É Natal, talvez o menino esteja guardando espaço. Adiantando a prática de homens com quem eu iria ter contato ao longo da vida, diante do problema eu simplesmente fingi que nada tinha acontecido. Comi e aproveitei o resto da ceia, quase esqueci o tal molho e, sem me aperceber, em certo momento da noite me vi retirando — é isso mesmo que vocês estão lendo —, retirando frutinhas cristalizadas da minha fatia de panetone. Simplesmente aconteceu. Em público. Alguns dias depois me desfiz de uma pele de coxa de frango. Decepção, vergonha e confusão. O menino não come mais de tudo? Come o quê, então? Onde já se viu? Pele de frango tão boa, o menino não come. Cebola, agora cebola é só frita, e amanhã? O amanhã chegou e fui me acostumando a contragosto a ser essa figura de paladar manco. Quando faço visitas à minha mãe, ela sempre pergunta se eu ainda gosto de lasanha e pudim, se eu *ainda* gosto. É claro que eu gosto, é claro que eu sempre irei gostar, mas aquele molho branco, nunca digeri.

Carioca

Carioca, meu sobrenome do meio, embora eu seja paulista, quer dizer Nascido em Casa de Branco. E ele veio da minha mãe, que é mineira. Talvez se refira a pardos ou a negros retintos escravizados, do tipo que eram aceitos pra ficar dentro da Casa-Grande. Firmino era o baixista de uma banda que tocava músicas do Metallica. Foi ele quem me disse: "Você é negão que nem eu". Eu respondi que eu não era negão, não, era pardo. "Pardo é um caralho", fechou Firmino, puto.

Fiquei sem reação, surpreso por ver que o Firmino, que curtia metal e era um dos poucos pretos da cena, era mais engajado que eu. Nunca agradeci o Firmino pelo constrangimento pedagógico. Eu passei por todos os Estágios do Luto Racial de uma Criança Parda: esfregar a pele no banho pra ver se a cor saía, evitar sol pra ficar mais branquinho etc. etc., mas desses incidentes a marca que mais carreguei foi no couro cabeludo.

Na quebrada não tinha assim tanto galego, era todo mundo o que um povo chamava de *seis e meia*, ou seja, alguém que nasceu nem tão escuro nem tão claro. A hierarquia parecia se dar através do cabelo, se era duro, o cara era mais preto, se liso, era mais branco. Um amigo seis e meia que tinha cabelo liso até conseguia fazer cover do Kurt Cobain. A essa altura dá pra sacar que eu andava com os roqueiros da quebrada e os cabelos tinham um peso maior ainda, mas naquela época, mesmo em outros segmentos, como o pagode e o axé, todo mundo queria ter cabelo liso, em último caso até aqueles encaracolados de relaxamento davam conta, mas crespão não, crespão cortava na zero ou até máquina dois, mais que isso jamais: em toda sala surgia o apelido de ninho de rato e bombril. Se tivesse um surto de piolho na escola, não tinha presunção de inocência, o crespo era o culpado, anjinho gabriel que tomava banho duas vezes por semana não podia ser, loiro quando não toma banho produzia flores do campo, imaginava a turma.

Com toda essa tensão em jogo, já dá pra adiantar que eu não me senti nem um pouco culpado de comprar por cinco reais o que vou chamar aqui de Podridão Rosa. Na verdade, dependendo da luz, era verde, igual aquele vestido da internet. Podridão Rosa em um mundo racional estaria em um cofre de titânio no fundo do oceano com uma etiqueta com a palavra Perigo em mais de vinte idiomas, além do símbolo universal da caveira com dois ossos cruzando o crânio. Mas não vivemos em um mundo racional e Podridão Rosa era comercializado em qualquer farmácia ou cabeleireiro do bairro. Seu efeito seria o de produzir um Michael Jackson instantâneo, digamos assim, deixar um cabelo crespo tão liso que você poderia fazer um moonwalk na ladeira do Jardim dos Ipês e os vizinhos diriam "Mas vejam só, o Michael Jackson fazendo um moonwalk na ladeira, e eu pensando que já tinha visto de tudo…". Tão liso que você poderia não só fazer cover do Kurt Cobain sendo pardo, como poderia se enfiar numa cuequinha boxer estilizada como a bandeira dos Estados Unidos, meter uma bandana na testa e brincar de Axl Rose, ou melhor, Axl Podridão Rose.

Podridão Rosa tinha apenas algumas dezenas de efeitos colaterais e reações indesejadas, entre elas a imediata queimação do couro cabeludo. Como o meu cabelo era curtinho, lembram, no máximo na máquina dois, eu diria que boa parte da porção do produto inundou meu couro cabeludo. Enquanto eu deixava os de dez a quinze minutos de aplicação agirem, até meus pensamentos doíam. Podridão Rosa inundava meu âmago, meu ser, minhas memórias, produzia imagens fantásticas alheias à minha vontade, Firmino tocava *pardo é um caralho* em uma piscina de fogo rosa, piolhos se erguiam do mar agora verde e destruíam o bairro, Michael Jackson fazia moonwalk nos destroços de uma Casa-Grande em chamas. Pronto, agora era só lavar em água abundante.

Debaixo da torneira do tanque eu sentia o escorrido na testa, uma sensação bizarra alienígena, como se um simbionte tivesse grudado na minha cabeça. Era como um membro fantasma, eu tocava e era nada, uma sombra viva que fedia muito. Ah, sim, um dos outros efeitos adversos da Podridão Rosa era o cheiro de esgoto constante. Olhei no espelho e eu parecia um recém-nascido muito confuso de enxergar o mundo fora da placenta. Tinha logo que apresentar meu novo eu a todos, enfiei a imitação de All Star no pé, a calça rasgada e fui bater perna perto da escola. O sol, o sol ameno era um ferro quente deslizando na nuca, dor implacável — Perigo, Danger, Achtung —, então passo a mão no cabelo como os brancos faziam em *Barrados no Baile* e sinto uma crosta — периго, Pericolo, 危険, Peligro —, um dos outros efeitos adversos da Podridão Rosa era uma alergia que criava uma crosta dura no couro cabeludo.

Voltei pra casa vinte minutos depois, marcado, fedido e encrostado. Tomei banho, dessa vez não pra tirar a cor, mas pra tirar o cheiro, que só piorava. Consegui ajeitar o espelho pra ver como estava o couro, era como pedras duras e brancas, bom, se havia algum piolho ali, pra eles foi como uma guerra nuclear. O efeito liso da Podridão Rosa não durou nem uma semana, mas algumas partes do meu couro cabeludo ficaram com essas crostas por anos, como fósseis brancos que, ironicamente, impediam meu cabelo crespo de crescer de maneira uniforme. De vez em quando ainda as procuro, como quem tateia uma doença, um osso solto, não as encontro, mas o couro nunca parou de doer totalmente, a dor agora vive aninhada no crespo, bem no fundo, como um piolho que não é meu.

Tartaruga

No fim, beijar não tinha gosto de Danone, mas de Jurupinga. Ela me pediu pra não contar pra ninguém, mas passados vinte e dois anos acho que posso dizer que Luana foi meu primeiro beijo. Me leva pra casa (?), levo, posso te dar um beijo (?), aqui não, ali. Ali era a saída da rua do rio, no muro de tijolo de uma casa que alguém desistiu de levantar ou não teve mais dinheiro. Não teve mãozinha nada, nem aperto, foi um beijo de línguas convocadas para uma tarefa que não tinham a menor vontade de fazer. Eu tinha ouvido em algum lugar que, quando se gosta, o beijo é de olho fechado, então eu beijei de olho aberto pra ver se Luana estava de olho fechado, acredito que sim, estava muito escuro. O olho aberto só um pouquinho, porque se ela estivesse tentando me ver, por via das dúvidas eu estaria gostando do beijo.

Uma coisa errada dos beijos de novela e cinema, isso de ficar entortando a cabeça pra lá e pra cá o tempo todo, me deu nervoso. Existia esse termo antigamente, "ficar". "Ficar" significa o que hoje é "pegar", essa geração pode ter menos poesia, mas não peca na precisão. A Luana eu não fiquei nem peguei, só beijei, igual cartilha com desenhos da *Turma da Mônica*. Sou de uma geração que foi enganada por onomatopeias do Mauricio de Sousa. Beijo supostamente faria um barulho de smack, como uma fita adesiva colando uma caixa de papelão. Para não ser totalmente impreciso, o gosto ao menos era de caixa de papelão molhada pela chuva, chuva que tinha cheiro de vinho barato. Mas a parte importante do beijo é seu significado, se alguém gosta de você, ela pode vir a te beijar. É por isso que esperei e planejei tal experiência por tanto tempo.

    Meu repertório de beijos até então se limitava aos beijos-tartaruga. Brincava com outras crianças de casamento, tinha que ter no mínimo três crianças, o padre e os noivos, mas se tivesse mais gente era só dar mais papéis, como a pessoa que diz que tem algo contra aquela união, por exemplo: "Sou contra essa união porque o Ricardinho fica me beliscando", esse tipo de coisa. O beijo-tartaruga acontecia quando o padre dizia "Eu vos declaro marido e mulher, pode beijar a noiva", e o beijo tinha que ser sem lábios, pois beijar na boca de verdade era pecado. Mas se colocasse os lábios pra dentro, tudo bem, se a Bíblia tivesse sido escrita por crianças teria regras assim. Só que isso tudo era encenação, então mesmo que houvesse beijo de pecado não contaria, já que só valia se a pessoa realmente gostasse de mim.

    Na terceira série eu bolei um plano que me parecia bem promissor. Arranquei meia folha do meu caderno escolar e escrevi uma carta pra uma menina chamada Maria Beatriz, escrevi um poeminha que terminava com um esquema de fácil compreensão: Maria Beatriz, você quer me beijar? Quadradinho para SIM e quadradinho para NÃO. Maria Beatriz rasgou a cartinha e jogou os pedacinhos na minha carteira, e mais uma vez me vi enganado por Mauricio de Sousa, já que papel rasgado não tem som de záz e nem coração partido faz som de créc. Aos onze eu já sabia que o beijo de lábio não era realmente o do pecado, que o beijo beijado era o de língua. Eu deixaria de ser crente na semana seguinte, mas li numa revista *Capricho* da minha irmã mais velha que dava pra aprender a beijar com o potinho de Danone. Sempre fui observador e, claro, desconfiei que as bocas que eu tinha visto não eram exatamente do mesmo formato, mesmo assim eu não iria questionar a revista *Capricho* como questionei anteriormente o livro ilustrado das testemunhas de Jeová. Crença por crença, aos doze eu já achava que sabia beijar, só precisava encontrar alguém que gostasse de mim. Mas não muito, minhas primas mais velhas me contaram que pra beijar não precisava estar apaixonado. Isso facilitava as coisas. Mas a empolgação dos parentes quando eu disse que ainda não tinha dado o primeiro beijo não ajudou muito. Na simulação com Danone não tinha plateia.

Cristina tinha doze anos, como eu, e não sabia dançar forró, como eu, mas numa festinha botaram a gente pra dançar. A gente ficou de passo pra lá e pra cá e ao fim de duas músicas perguntei se ela queria namorar comigo e ela disse que sim, eu avisei que a gente precisaria se beijar, ela concordou e avisou que em breve a gente ia se beijar. Eu visitava esses parentes no Cidade Kemel geralmente nas férias, ia ser pelo menos seis meses pra eu ver Cristina outra vez, minha namorada. Como namorados que éramos a convidei para ir ao parquinho com meus parentes, sabia que o beijo de língua era uma possibilidade. Então um primo agitou "Vocês não vão beijar, não?" assim que pisamos no lugar. Fiquei muito nervoso e sugeri que fôssemos dar uma volta sozinhos, porque aí me sentiria mais à vontade. Atravessamos uma boa parte da grama e sentamos perto de uma escada. Eu estava razoavelmente pronto para o beijo de língua, quando Cristina apontou "Não é seu primo ali?", e eu vi um garoto com um inacreditável binóculo, totalmente não discreto, revezando o objeto com outras pessoas, como quem observava na savana algo muito inusitado prestes a acontecer. O resultado foi a consolidação de um novo beijo-tartaruga.

Esperei um ano para voltar ao Kemel, pensei na minha covardia ao longo daqueles meses todos, mas naquelas novas férias Cristina não era mais minha namorada e já havia aprendido a dançar forró. Deduzi essas duas coisas ao ver Cristina dançando forró e dando beijos de língua num menino loirinho.

Num almoço de Natal, quando a família toda ainda se reunia, minha prima chamou uma amiga dela que morava no Itaim Paulista e era dois anos mais velha que eu. Ela tinha a cara redondinha, o que me interessava, mas não pude acreditar quando minha prima me avisou que aquela garota pediu pra ficar comigo. Depois do almoço combinamos de dar uma volta pelo bairro, eu cheio de malícia, ela já estava quase indo embora, então tinha que ser naquela oportunidade. Um beco, dia de domingo, perguntei "Quer vir por aqui?". Ela riu, "Claro, claro". Chegando no fim do beco, dei uma parada, olhei pra ela e vi atrás dela, lá em cima do beco, meu primo com a desgraça do binóculo novamente. Nesse caso o Mauricio de Sousa não me enganou, a vergonha não fazia som nenhum. Eu disse apenas "Você é bonita" e continuei descendo o beco. Como se eu tivesse tido uma súbita inspiração sobre a estética da garota e precisasse compartilhar com ela, especificamente ali, no beco solitário, a minha opinião de que ela era bonita e que essa informação era apenas um dado concreto que eu quis dar.

O tempo passou a ponto de eu não ser mais importunado pelos binóculos dos meus primos e de eu resolver a curiosidade alheia do modo mais simples: mentindo. Claro que eu já tinha beijado um monte de meninas que gostavam de mim, mas não muito, e de língua. Até que finalmente, após a festinha onde havia até um negócio que piscava luz, inesperadamente eu pude beijar Luana. Eu não era apaixonado nem nada, mas num acordo bem compreensível ela aceitou me beijar se eu não contasse pra ninguém. E de fato eu não contei. Pra todos os efeitos, era apenas um dos meus muitos beijos, alguns de pecado, outros de tartaruga.

Bolo de lama

Não há quem escreva que não tenha uma relação muito complexa com a mentira. Ficções e ruminações fazem parte do caldo de onde a imaginação da escrita escapa. É certo que em algum momento da vida contamos nossa primeira mentira. Todos os pais acham que são testemunhas desse instante, e mesmo que tal fato seja tão previsível quanto o xixi na cama, existe uma comoção com o acontecimento, a constatação de que aquele pedacinho é de gente, e como toda a gente, ele cumprirá o arco comum das vidas humanas, será confrontado com a fragilidade do corpo, a brevidade da vida dos melhores cães, o terror de ser uma perspectiva única entre os bilhões possíveis, terá prazer ao se ver em vantagem e protegido, será violento, será egoísta, haverá de esquecer ou perdoar uma porção de vezes na vida coisas impossíveis de se esquecer e perdoar, terá dívidas, doenças, prazeres estranhos, crenças absurdas, descobrirá a beleza e a vergonha, mas, antes de tudo isso, ele aprendeu que pode mentir. Aos pais resta responder "Não pode mentir!" em tom sério, o que se provará outra mentira. É claro que a mentira que os pais capturam da criança não é de fato a primeira, estou certo que nossa primeira mentira acontece descontraída como um espirro, um choro sem fome talvez, pela atenção que isso causa. Ah, mas quando o primeiro efeito positivo de uma mentira surge, aí é que se torna um caminho sem volta. Você comeu o bolo de aniversário da sua irmã antes dos parabéns? "Não, mãe", você responde com o nariz branco de chantili. Contando com o contagiante charme da mentira infantil, talvez, apenas talvez, você não apanhe, mas escutará "Não pode mentir!". Então você precisará aprender a aperfeiçoar a mentira: não basta dizer que não fez tal coisa; é preciso apontar que a culpa é de outra pessoa, como seu pai faz quando tenta esconder que ainda fuma, apesar da fumacinha saindo pelos poros, dizendo que foi o vizinho que andou jogando bitucas no quintal, "Ah, mas eu vou falar com ele, isso não pode ficar assim", e sua mãe diz apenas "Ahã, vai lá". Sucesso de fórmula. Foi você quem colocou bolo de lama na geladeira? Não, mãe, foi fulano, geralmente o irmão ou a irmã, aliás, ser filho único deve atrasar consideravelmente o aprendizado da mentira. Mas o seu irmão não aceitará ser acusado injustamente e negará a acusação, fazendo sua mãe por via das dúvidas punir os dois.

Ah, mas você fará ao longo dos anos uma lenta lapidação da mentira, até que um dia aprenderá a inventar histórias, e elas, sim, serão um grande trunfo. Pois veja bem, mãe, eu estava assistindo *Dragon Ball* na tevê, quando ouvi o barulho da geladeira abrir, pensei que fosse a senhora, mas vi pelo vitrô que a senhora estava no tanque, fui dar uma olhada e peguei ele com um bolo de lama na mão, colocando tudo em cima do macarrão, eu ainda avisei que era errado e ele não me ouviu. Isso, sim, é uma boa mentira. Exceto pelo fato de que sua camiseta está suja de barro. E essa camiseta suja o que é? Você terá que inventar outra história. É porque eu tentei impedir ele de colocar a lama na geladeira, mas ele me empurrou. E por que ele não tá com lama na roupa? Porque ele jogou a camiseta suja no vizinho. Enfim, a cada mentira, uma nova mentira deverá ser contada e mais estranha ficará a sua história, e assim você aprenderá que não é que a mentira tem perna curta, são as pessoas que fazem perguntas demais. Um dia você pode ou não ir trabalhar com a arte de contar histórias e terá que aprender a responder perguntas cada vez mais malucas, como "Mas qual o sentido de buscar a plenitude em uma vida perecível?". E você responderá algo como: "Pelo mesmo motivo que uma criança coloca um bolo de lama numa geladeira e pelo mesmo motivo que um dia você escreverá que essa criança era você". E de alguma forma tudo isso fará sentido.

Das mentiras mais desleixadas que contei, uma foi quando fingi ser cego para o seu Tonho da vendinha. Por uma semana cheguei lá com os olhos fechados e fingia tatear as coisas. "Seu Tonho, eu preciso de três cebolas", cheirava as cebolas e depois dizia: "Estas aqui estão boas". Na verdade, eu ficava com os olhos semicerrados e conseguia observar a consternação no olhar daquele homem. Seu Tonho teve paciência por umas três visitas minhas. Na quarta, tentando aperfeiçoar minha história, esbarrei nas laranjas, o que fez o homem avançar em mim e me ameaçar com um socão, o que me curou instantaneamente do meu personagem.

Eu já menti estar possuído pelo demônio para não ter que ajudar nas tarefas de casa, mas foi uma mentira de pouca eficácia, pois tive que varrer o quintal do mesmo jeito e ainda por cima abençoado na testa com o azeite da igreja (que era bem fedido).

Já menti que meu pai era português me valendo apenas de seu ostentoso bigode, estereótipo que eu imaginava ser o de um português.

No fundo eu não esperava que essas mentiras vingassem por muito tempo, eu só tinha um prazer lúdico de soltá-las por aí como galinhas ansiosas. E foi com esse espírito que cheguei pra turma de moleques valentões da minha sala, que me humilhavam constantemente, que diziam que meu cabelo tinha caminho de rato e que eu tinha piolho e que toda vez que peidavam na sala apontavam pra mim, aí eu cheguei e contei pra eles que meu pai tinha ganhado um prêmio na Tele Sena do Silvio

Santos. Eu não tinha um plano pra essa mentira, só falei isso porque eles me excluíram do futebol de sábado na rua, eu disse que no fim de semana ia estar no shopping. "Comprando veneno pra piolho, né?", zooou um dos moleques. E eu disse que iria comprar um Super Nintendo e outras coisas, porque meu pai tinha ganhado na Tele Sena. Primeiro eles riram, mas, talvez pela pouca expectativa que eu tinha em relação a essa mentira, respondi apenas "Tanto faz", e esse "tanto faz" quebrou alguma coisa na estrutura psicológica deles. Tanto faz? Ele não vai insistir na história? Tanto faz? O moleque do caminho de rato agora diz tanto faz? Então, o que era uma espécie de líder deles, provavelmente assustado pela possibilidade de perder seu posto, uma vez que ser o mais zoeiro é uma vantagem, mas nem se compara com ser o mais rico, esse garoto mandou um "Beleza, então a gente vai lá te acompanhar". Pra aquela turma cancelar o rachão de sábado na rua era porque um evento de grandes proporções estava prestes a acontecer. É óbvio que eu não iria recuar e dobrei a aposta: "Demorou, legal que vão poder me ajudar a carregar as coisas, talvez eu até compre algumas coisas pra vocês também".

Vamos combinar que se as nossas atitudes não tivessem consequências, eu teria sido um gênio. Em casa fiquei trabalhando no que eu poderia criar com aquela situação. Vamos chamar o meu antagonista de Rogério, o menino acuado pela minha imaginária pequena fortuna. Sem avisar, Rogério apareceu na porta do sobrado às dez da manhã do sábado numa van que o pai dele tinha pra trabalhar, e lá dentro os outros três moleques mais o pai e o tio dele. "Fala aí, mano, como é muita coisa convenci meu pai e meu tio a ir com a gente, sabe como é, pra ajudar a carregar as coisas que cê vai comprar hoje." Era um desgraçado, o Rogério. Pois bem, eu estava obstinado em manter aquele estranho pacto de não agressão dos caras, entre a dúvida e a negação que sentiam. "Valeu, mano, talvez eu precise de duas viagens, tudo bem?", meti essa no Rogério. Cada invertida que eu dobrava, os outros moleques tinham sua fé testada. E se ele realmente ganhou na Tele Sena? Entrei no carro e pedi pra ir logo pro shopping, não o Diretão, que era de pobre bem esculachado, mas pro Tatuapé, que era de quem já tinha um pá ali mais ou menos pra gastar. Tirei um caderno brochura bem ordinário e dei o papo de que primeiro eu precisava fazer uma pesquisa de preço. Quando senti a sobrancelha de dúvida deles se arqueando um tiquinho, complementei que seria legal eles também irem anotando o que queriam. E assim eu manobrava a fé do meu público com promessas de ganhos incompatíveis com a realidade material, mas com o desejo de que algo bom acontecesse.

Super Nintendo, quanto tá moço? Não, é pra mim e pros meus amigos aqui, você reserva que a gente vai dar mais uma andada e já volta. Tênis, jogo de botão e pebolim. Micro System, tevê colorida, bola de capotão. Discman, gibis e roupas de gente. Minha mentira era tão boa que em certo momento eu mesmo me vi envolvido nela, me divertindo na fantasia de ter dinheiro, ter valor, de poder alegrar a vida daqueles coitados que no fim eram como eu, de pedir embrulho de presente, ter um grupo de amigos como esses das novelas. O que me resgatou do meu desvario foi este sentimento que não admite mentira: a fome. Minha barriga começou a apertar e me lembrei que eu não tinha um troco nem pra comprar uma casquinha, menos ainda pra alimentar aquelas bocas que esperavam que eu fosse o provedor delas. Eles estavam a tal ponto envolvidos na minha encenação que não atentaram para as claras incongruências da minha história, por exemplo a ausência do meu pai, o feliz ganhador do prêmio, e para a falta de sentido dele ter dado a mim a tarefa de torrar parte do seu dinheiro, quando, se tal sorte fosse real, provavelmente o valor do prêmio seria gasto com coisas mais urgentes, como sair do aluguel, quem sabe um fogão, uma geladeira e outras coisas nas quais não se pode jogar Super Mario.

Me adiantando à crise, eu disse a todos que a gente ia comer e depois, de bucho cheio, iríamos buscar as compras. Achamos uma mesa boa, anunciei que eu ia pegar um combo do McDonald's pra cada um e fui anotando os pedidos. Enquanto eles falavam pra mim o que iam querer, senti que de fato tinha aquele grupo na mão, mesmo os adultos, mesmo o Rogério. Eles, que ainda naquela semana tinham colado com chiclete a minha lição de história e falado pra Aninha que quem desenhou o pinto na carteira dela tinha sido eu. Eu virei o cara que pagava o lanche de geral. Senti a prévia tristeza de me despedir da situação. Se atentos fossem, veriam nos meus olhos a sombra de um pedido de desculpas. Sinto muito por isto, mas em alguns minutos vocês estarão sozinhos na praça de alimentação, eu vou aproveitar que a fila do McDonald's é cheia e caótica pra fazer uma fuga discreta pela escada de incêndio perto da praça de alimentação. A cada minuto que vocês estiverem me esperando voltar, um pouco de cada um daqueles objetos de consumo irá esvanecer de suas mãos, até que depois de um tempo alguém quebrará o silêncio, dizendo que era óbvio que eu era um mentiroso e que me pegou de jeito. Com os olhos ainda procurando na fila, com a barriga ainda roncando, vão dizer que me enganaram fingindo que tinham acreditado na minha história, vocês comerão esfirras de carne, uma pra cada um. Na segunda-feira, na escola, me anteciparei a vocês e direi como foram otários de acreditar que eu, logo eu, olha pra mim, logo eu tinha tido sorte.

Antônio

Eu sempre chamei meu pai pelo apelido e não pelo nome, que é muito bonito. Antônio significa algo como "valioso e inestimável". Há uma sugestão de que significa "alimentado de flores". Ganha certo contorno poético se pensarmos que o nome da minha mãe é Margarida.

Por incontáveis e desgastantes motivos, nós tivemos a primeira conversa quando eu já era adulto. A partir daí foi dado um passo por ano. Em um, nos desejamos feliz Natal. No outro, ganhei uma bermuda estampada, que demonstrou que ele não tinha absolutamente nenhuma ideia dos meus gostos.

Antes disso eu apenas o via como alguém violento, insensível e burro.

Em onze mil quatrocentos e trinta e quatro dias de vida, eu nunca lhe pedi nenhum conselho.

Por sorte, existe, pros que tiveram tempo, a chance de amadurecimento. Veja só, amadurecer é importante, porque a vida é assim, nascemos com apenas três potes de tinta. Pintamos cada coisa com uma cor, e assim vai. Até que um dia você descobre que existem outras possibilidades de colorir. Mas para isso terá que se livrar da pureza das primeiras cores e misturá-las. Assim é o processo de amadurecimento: ganhar novas tintas.

E, de posse dessas novas tintas, fui rever o retrato empoeirado que eu tinha do meu pai.

Fui parar numa lembrança curiosa.

Eu tinha um violão e ficava no quarto aprendendo músicas do Nirvana. Meu pai usava a expressão "brincadeira sem futuro" para tudo que ele achava que não fazia sentido. Video game era brincadeira sem futuro. As músicas que eu ouvia eram uma variação chamada "zuada sem futuro". Meu pai ouvia Roberto Carlos, Amado Batista e Milionário e José Rico. Tinha os discos e tudo.

Curiosamente ele não me enchia com o lance do violão. Uma noite eu passava pela sala e ele me pediu emprestado. Pediu. Não mandou. Pediu. Foi esquisito demais.

Eu dei o violão a ele, convicto de que alguma sessão de vergonha alheia estava por vir.

Minha mãe assistia o *Programa Silvio Santos*. Muitas vezes eu via meu pai tentando ser carismático com minha mãe, contar uma história, querendo chamar sua atenção. E ela, com todas as histórias que viveu com ele, mais os tempos de alcoolismo em que segurou a dignidade da família sozinha, não atendia a esses apelos facilmente. Já a vi conter o riso de uma piada engraçada que ele contou, só para que ele não tivesse êxito total.

Então, junte isso com a minha teoria sobre a insensibilidade e burrice do meu pai e se entende de onde veio minha convicção de que um momento de vergonha alheia estava se aproximando.

"Quer a palheta?"

Ele respondeu que não precisava.

Em seguida, se dirigiu à minha mãe e começou a contar que na roça ele tocava viola.

Essa é uma tinta importante: ela mostra que nosso passado também teve um passado.

Minha mãe, só no "ahã", continuava olhando pra tevê. Não havia desprezo nem nada, era só um "vai falando enquanto eu vejo a pegadinha".

Então meu pai faz um dó, um sol.

"Tá desafinado."

E afina meu violão em coisa de cinco segundos.

A essa altura, ao menos pra mim, o *Topa Tudo por Dinheiro* não estava mais em primeiro plano.

Ele começou a falar de uma música do tempo dele que era mais ao menos assim e dedilhou um negócio inacreditavelmente bonito. Um negócio com textura e cheiro de terra, com as notas penteando a paisagem de um sol sertanejo que se despede até o último fio de luz. Como se não bastasse, veio a voz. Grave e robusta, ela atingia calmamente o solo feito enxada, não para plantar, mas para desenterrar alguma coisa.

Pude ver nos olhos da minha mãe, ainda em silêncio, que, fosse o que fosse, estava ali em algum lugar. Nem tudo germina só porque é semente.

E também há coisas que nascem para dentro.

Desempregado

Curioso pensar que ninguém nasce desempregado. Você não olha para uma criança limpando ranho na manga da blusa e pensa: "Alá uma criança desempregada". Mas um belo dia você pode acordar com essa definição depois da vírgula após o seu nome.

Pessoa Tal, desempregada.

Eu já fiz muita coisa e comecei a trabalhar muito cedo, tão cedo que entre os primeiros empregos eu não descobri a condição de desempregado. Chegava em casa e contava:

"Fui demitido."

"Por quê?"

"O moço falou que eu cortava tomates tudo errado" (pizzaria, dois meses, catorze anos. Expulso da igreja depois de xingar o chefe, que espalhou que ele roubava o troco da pizzaria).

"Fui demitido."

"Por quê?"

"O moço falou que eu num sabia entregar as revistas" (revendedor Abril, duas semanas, quinze anos. Expulso da cidade de Suzano por jogar revistas velhas para o alto em frente a um Banco do Brasil).

"Fui demitido."

"Por quê?"

"O moço falou que eu quebrava todos os galões de água" (entregador de água, um mês e quatro dias, dezesseis anos. Expulso pelo dentista por derrubar o galão de água sem querer e molhar todo o consultório).

Depois que fui demitido do comércio de águas do sr. Toshio, recebi pela primeira vez o selo de desempregado, e fui eu mesmo que cravei "Agora tô desempregado". Esse momento de autodescoberta aconteceu em uma unidade da SOS Cursos Profissionalizantes. O senhor já trabalha? Agora tô desempregado, respondi. Pois saiba que em breve será requisito de qualquer empresa o candidato saber computação (informática em até 6×, saiba como enviar e-mails, acessar a internet, digitação e muito mais) etc. Enfim, não fiz o curso, mas fiquei ali com aquela descoberta: desempregado, sem curso de informática, que droga, como fazem galões tão pesados?

Enviei meus primeiros currículos, naquela época chamados de Curriculum Vitae. Nome, idade, escolaridade (ensino médio incompleto). Tem que terminar os estudos pra conseguir arrumar emprego, dizia minha mãe, e naquela época, naquele canto ali, todo mundo entendia que fim do ensino médio era encerrar os estudos.

Depois de terminados os estudos, consegui meu primeiro registro em carteira (ajudante-geral em um laboratório de esterilização, dois anos de registro, madrugada, uma folga por mês). Saí de lá munido de rescisão, seguro-desemprego, cartão atrasado da C&A e das lojas Pernambucanas.

Depois que torrei o dinheiro num investimento que só posso chamar de "tentativa de montar um bar gótico periférico com luz roubada do puteiro do outro lado da rua", eu tava lá, desempregado, já sabendo baixar safadeza e música no computador, quando acabei indo parar no telemarketing (ao todo foram oito anos, comecei na cobrança receptiva para o UOL, terminei na prefeitura de São Paulo, produto Copa do Mundo de 2014, no atendimento bilíngue que durou até o 7 a 1, com o total de dois atendimentos realizados).

Depois fui envelopar exames médicos no CDC e larguei isso para vender livros na Livraria da Vila. Àquela altura da vida eu já tinha trabalhado até em depósito de reciclagem de metal, num galpão todo empoeirado, chegando em casa com as mãos em carne viva. Mas foi como livreiro que pela primeira vez saí chorando depois de ser demitido.

Mais uma vez me disseram que o galão era pesado demais pra mim. Eu tava exausto. Eu tinha trabalhado em fins de semana, esperando até o último cliente do domingo decidir qual a melhor tradução de russo que ele gostaria de levar, me sentindo francamente burro o tempo todo, e nem sei como me tornei escritor. Quando você é demitido no terceiro mês, no dia seguinte você tem que procurar emprego de novo. Foi esse meu grande aprofundamento do conceito de desempregado real e oficial.

O desempregado que abre o InfoJobs e, depois de duas semanas sem resposta para as dezenas de vagas a que se candidatou, começa a apelar para qualquer coisa, mesmo que ela não tenha nada a ver com a sua formação ou experiência.

O desempregado que escreve "Tenho força de vontade" em sua apresentação, como quem diz Porra, vocês não têm a menor ideia do que eu sei fazer, e depois lê um especialista dizendo que é legal usar "bom relacionamento interpessoal".

O desempregado que diz "Pego duas conduções pra vir, mas dou um jeito de vir só com uma", o que é uma mentira, mas que se dane, eu tiro do bolso, começo com alguma coisa e depois vou me ajeitando.

O desempregado que acorda às quatro da manhã pra ir no CAT e aí começa a calcular qual é o mais vazio e em que dia, saindo de lá com uma guia de entrevista pra um lugar onde você nem precisa apertar o interfone porque a fila começa quase no ponto de ônibus. E é a mesma roupa social todo dia. E é o bolinho das seis da manhã da saída do metrô Anhangabaú. E é enfiar a cabeça no meio das pessoas que cercam o tiozinho que veste uma placa anunciando vagas. O galão pesando um milhão de toneladas.

E aí, como acontece muitas vezes, o amigo do irmão do primo do genro de alguém diz que tá sabendo que uma loja do shopping Tal vai contratar gente para o Natal "com possibilidade de efetivação".

Uma fase, duas fases, três fases, exame médico, tá apto.

Amigo, só depois disso a gente descobre que não tava mais respirando.

E quando o chefe diz que quem não quiser vestir a camisa precisa repensar, porque "Lá fora não tá fácil pra ninguém", já era, você entendeu tudo. Fica na miúda, sorri aqui e ali e começa aos poucos a apagar o selo após a vírgula depois do seu nome. Há chances de efetivação, você respira. E negocia com o banco, e passa as compras no vale, e dorme com a cara no vidro do metrô. E com o tempo, com os dias se espremendo entre as semanas, que se espremem entre os anos e as férias negociadas, você finalmente se esquece que ninguém nasce desempregado e que eles ainda não sabem o que você pode fazer.

Eles ainda não sabem.

© Ricardo Terto, 2024

Todos os direitos desta edição reservados à Todavia.

Grafia atualizada segundo o Acordo Ortográfico da Língua Portuguesa de 1990, que entrou em vigor no Brasil em 2009.

capa e ilustração de capa
Oga Mendonça
preparação
Ciça Caropreso
revisão
Jane Pessoa
Ana Alvares

Dados Internacionais de Catalogação na Publicação (CIP)

Terto, Ricardo (1985-)
Brincadeira sem futuro / Ricardo Terto. — 1. ed. — São Paulo : Todavia, 2024.
ISBN 978-65-5692-728-2

1. Literatura brasileira. 2. Crônicas. 3. Literatura contemporânea. I. Título.

CDD B869.3

Índice para catálogo sistemático:
1. Literatura brasileira : Crônicas B869.3

Bruna Heller — Bibliotecária — CRB 10/2348

todavia
Rua Luís Anhaia, 44
05433.020 São Paulo SP
T. 55 11 3094 0500
www.todavialivros.com.br

fonte
Register*
papel
Pólen bold 90 g/m²
impressão
Geográfica